Cuentos cortos para personas mayores

Los mejores relatos cortos para revivir recuerdos y estimular su memoria

MARYANA J. SOLÍS

Índice

Introducción

Leer es mucho más que pasar el tiempo; es un viaje hacia nuevos mundos, un ejercicio para mantener tu mente activa y una manera de reencontrarte contigo mismo. En esta etapa de tu vida, donde puedes disfrutar con más calma de tus momentos libres, la lectura se convierte en una compañera fiel que nutre tanto tu espíritu como tu intelecto.

Cada vez que te sumerges en una historia, estás ejercitando funciones esenciales de tu mente, como la memoria, la atención y la imaginación. Leer es como un gimnasio para tu cerebro: ayuda a mantenerlo ágil, fomenta la creatividad y ralentiza el deterioro cognitivo. Pero no solo es un beneficio para la mente, también es un regalo para tu corazón. A través de las palabras, puedes revivir recuerdos felices, redescubrir tradiciones y volver a momentos que tal vez creías olvidados.

Los libros, además, te conectan con los demás. Compartir una historia que te emociona o una reflexión que te inspira se convierte en un puente para relacionarte con amigos, familiares y compañeros. Leer es un recordatorio de que siempre hay algo nuevo por descubrir, una nueva aventura por vivir y emociones que explorar.

¿Qué encontrarás en este libro?

En este libro, te esperan cuentos diseñados con especial cariño para despertar tus recuerdos más felices, estimular tu imaginación y brindarte momentos de calma y disfrute. Cada relato tiene un propósito: reconectarte con las cosas que amas y los valores que siempre han sido importantes en tu vida.

Los cuentos están llenos de personajes entrañables y escenarios que evocan épocas pasadas, tradiciones familiares y momentos nostálgicos. Encontrarás historias que te invitan a resolver pequeños misterios, participar en aventuras suaves y reflexionar sobre las emociones y las conexiones humanas que nos unen. A medida que avances en las páginas, no solo estarás disfrutando de las historias, sino también ejercitando tu mente de manera divertida y significativa.

¿Por qué deberías leer este libro?

Este libro está hecho para ti. No importa si te consideras un lector ávido o alguien que recién está retomando la lectura, aquí encontrarás cuentos que te hablarán directamente al corazón. Leer estas historias no solo te permitirá viajar en el tiempo y activar tu imaginación, sino que también fortalecerá tu mente, te ayudará a mantener viva tu curiosidad y te regalará momentos de auténtico bienestar.

Además, este libro es una oportunidad para compartir. Puedes leerlo en compañía, comentar los relatos con tus seres queridos y convertir cada cuento en una excusa para estrechar los lazos con quienes te rodean. Porque la lectura, como la vida, es aún más placentera cuando se comparte.

Así que acomódate en tu sillón favorito, abre este libro y déjate llevar por las historias que hemos preparado para ti. Te prometemos que en cada página encontrarás algo especial que enriquecerá tus días.

¡Disfrútalo!

La melodía de la radio vieja

Martina nunca había sido de las que exploran desvanes. Pero aquel día, mientras ayudaba a su abuela a ordenar la vieja casa familiar, algo en la penumbra captó su atención. Entre cajas de fotografías, libros antiguos y juguetes olvidados, una radio de madera desgastada y botones metálicos brilló bajo la luz que entraba por la ventana.

—Esa radio era de tu abuelo —dijo su abuela, apareciendo tras ella con un trapo en la mano—. La adoraba. Decía que tenía algo especial, pero nunca entendí a qué se refería.

Intrigada, Martina limpió la superficie polvorienta y la llevó a su habitación. No sabía si funcionaría, pero había algo en su diseño antiguo, en el peso de su historia, que le resultaba magnético.

Aquella noche, después de enchufar la radio, Martina giró el botón de encendido. El aparato emitió un leve zumbido y, tras unos segundos, una suave melodía comenzó a sonar. Era una canción antigua, con un ritmo de piano y una voz femenina que cantaba:

"Bajo el cielo azul, los sueños se encuentran, y el tiempo se detiene..."

Martina cerró los ojos, y de repente el aire en su habitación cambió. Se encontró en un parque amplio y soleado. A lo lejos, vio a una niña de cabello corto correr tras un globo rojo. La niña se giró, y Martina reconoció su propio rostro, aunque mucho más joven.

Era como si estuviera dentro de un recuerdo. Podía oír el canto de los pájaros, sentir la brisa en su rostro y oler el pasto recién cortado. Pero justo cuando quiso acercarse a la niña, la melodía se desvaneció, y Martina volvió a su cuarto.

La radio seguía sonando, pero la canción había cambiado.

Decidida a entender lo que ocurría, Martina giró el dial. Una nueva melodía surgió, un bolero nostálgico con guitarras suaves:

"Te esperaré en el rincón donde el sol no se oculta..."

Martina sintió un aroma a pan recién horneado, tan real que parecía llenar toda la habitación. Cuando abrió los ojos, ya no estaba en su cuarto. Estaba en una cocina iluminada por el sol de la tarde. Una mujer cantaba mientras sacaba un pan dorado del horno. Al girarse, Martina vio el rostro joven de su abuela.

—Martina, cariño, ¿quieres probar? —preguntó la versión joven de su abuela, sosteniendo el pan envuelto en un trapo.

Antes de que pudiera responder, la música se cortó, y Martina volvió a su habitación.

Anotó rápidamente lo que había visto en una libreta: "Parque con globo, cocina con pan. ¿Qué significan estos recuerdos?"

Las noches siguientes, Martina dedicó horas a explorar las frecuencias de la radio. Cada canción era un viaje al pasado, un fragmento de su vida que volvía con colores, sonidos y olores tan vivos como si estuviera ahí.

Una tarde, al escuchar una canción instrumental alegre con acordeones, Martina se encontró en medio de una feria. Las luces brillaban, la música se mezclaba con risas, y el aroma del algodón de azúcar flotaba en el aire. Frente a ella giraba un carrusel. Martina, niña nuevamente, sostenía una bolsita de maní caramelizado.

—¡Martina! —gritó una voz.

Era su padre, joven y sonriente, con los brazos abiertos. Corrió hacia ella y la levantó en un abrazo.

—¿Recuerdas este día? —le preguntó.

Antes de que pudiera responder, la música se interrumpió, y Martina volvió a su cuarto. La radio vibraba suavemente, como si estuviera viva.

La curiosidad de Martina crecía. Empezó a notar que los recuerdos no eran simples viajes al pasado. Había mensajes escondidos en ellos. Una noche, tras sintonizar una suave balada con violines, Martina apareció en un salón decorado para una boda. Las mesas estaban cubiertas de flores blancas y el aire olía a jazmín.

En una esquina, su abuelo joven estaba sentado junto a ella.

—Martina, quiero que recuerdes algo importante —dijo, inclinándose hacia ella.

Antes de que pudiera escuchar lo que su abuelo decía, la música se cortó y Martina regresó a su cuarto.

Frustrada, escribió en su libreta: "El abuelo intentó decirme algo. ¿Cómo puedo escucharlo?"

El desván se convirtió en su refugio. Entre las pertenencias de su abuelo, Martina encontró un pequeño cuaderno. En su interior, había notas sobre canciones y recuerdos, y al final, un acertijo:

"El cielo azul, el rincón escondido, las risas de la feria, el tiempo girando. Si unes los fragmentos, encontrarás la melodía completa."

Martina volvió a la radio con el cuaderno en mano. Decidió escuchar las canciones en el orden que mencionaba el acertijo. Primero, la melodía del parque: "Bajo el cielo azul, los sueños se encuentran."
Luego, la canción de la cocina: "Te esperaré en el rincón."
Después, la feria: "Risas y colores."
Y por último, el carrusel: "El tiempo gira."

Cuando unió las frases, algo comenzó a tener sentido: "Sueños se encuentran, te esperaré, risas y colores, el tiempo gira."

Encendió la radio y giró el dial una vez más. En lugar de música, escuchó la voz de su abuelo, clara y cálida:

—Martina, sabía que algún día llegarías aquí. La radio es un puente hacia lo importante: los recuerdos. Vive con el corazón lleno de ellos y úsalos para avanzar. Nunca olvides que, aunque el tiempo gire, los sueños siempre te esperan.

La radio se apagó, dejando a Martina en un profundo silencio.

La feria de los globos

La feria había llegado al pueblo, trayendo consigo colores brillantes, música animada y un bullicio que llenaba las calles. Los niños corrían entre los puestos, los olores de dulces y palomitas de maíz flotaban en el aire, y los comerciantes ofrecían sus productos con gritos que competían entre sí.

Miguel, un niño de ocho años con grandes ojos curiosos, caminaba con un propósito. Su hermana Ana cumplía cinco años, y él había decidido regalarle algo especial: el globo más bonito de la feria. Sabía que los globos eran su cosa favorita en el mundo, pero elegir el perfecto no era tarea fácil.

Cruzó el arco de entrada de la feria y vio el primer puesto de globos. Había globos rojos, azules y amarillos, pero algo en ellos no le convencía. Quería algo único, algo que hiciera brillar los ojos de Ana. Decidió seguir buscando.

El siguiente puesto estaba decorado con cintas de colores. Una anciana vendía globos pintados a mano, cada uno con una figura diferente: un sol radiante, una luna plateada, un par de estrellas. Miguel miró los globos con atención, pero recordó que Ana no sabía qué era la luna.

—No, gracias, señora —dijo educadamente y continuó su camino.

Mientras caminaba, Miguel se detuvo frente a un vendedor de dulces. Un hombre alto con bigote ofrecía algodón de azúcar de colores. Miguel no podía resistirse y compró uno rosado. Mientras mordía el algodón, escuchó al vendedor hablar con un cliente.

—¿Sabías que esta feria es la más antigua del país? Mi abuelo ya vendía dulces aquí cuando era joven. Cada puesto tiene su propia historia.

Intrigado, Miguel decidió que cada vez que viera algo interesante, preguntaría al vendedor sobre su historia. Tal vez eso lo ayudaría a encontrar el globo perfecto.

El siguiente puesto que llamó su atención era de juguetes de madera. Había caballitos de balancín, carritos y trompos. Una mujer de cabello rizado le mostró un trompo tallado a mano.

—Esto me lo enseñó a hacer mi abuelo —dijo—. Cada trompo está pintado con colores únicos. Este tiene los tonos del atardecer, como los que veía en mi pueblo.

Miguel lo giró entre sus dedos y lo hizo girar en el suelo. Los colores formaron un remolino que le recordó el cielo que veía desde su ventana en las tardes.

Aunque le gustó, pensó: A Ana no le interesan los trompos. Agradeció a la vendedora y siguió buscando.

Más adelante, encontró un hombre que vendía globos llenos de helio, atados en racimos que parecían flotar en el cielo. Estos globos eran diferentes: tenían formas de animales. Había elefantes, caballos y hasta un dragón con alas doradas.

—¿De dónde vienen estos globos? —preguntó Miguel.

—Los hago yo mismo —respondió el hombre, señalando una mesa con moldes y pinturas—. Me gusta pensar que cada animal tiene una historia que contar. Mira este dragón. Su nombre es Fulgencio, y su misión es proteger a los niños de los malos sueños.

Miguel se rió, pero aunque el dragón era impresionante, pensó que Ana tal vez lo encontraría aterrador. Después de todo, era muy pequeña. Decidió seguir buscando.

Mientras se alejaba, vio un grupo de niños rodeando un puesto donde un anciano hacía trucos de magia. Miguel se detuvo a mirar. El mago sostenía un globo transparente lleno de purpurina que brillaba bajo la luz del sol. Lo hizo flotar con un movimiento de sus manos y luego pareció desaparecer en el aire.

Miguel aplaudió, impresionado, pero pensó que ese globo era demasiado complicado. Ana probablemente lo dejaría volar accidentalmente y se pondría triste.

El sol comenzó a bajar, y Miguel empezó a sentirse frustrado. Había visto tantos globos y escuchado tantas historias, pero aún no había encontrado el ideal. Entonces, recordó algo que Ana siempre decía: "Me gustan los globos que se parecen al cielo". Con esa idea en mente, corrió de regreso al primer puesto, donde la anciana de los globos pintados a mano seguía trabajando.

—¿Tiene algún globo que se parezca al cielo? —preguntó.

La anciana sonrió y sacó un globo que había estado escondido detrás de los demás. Era azul claro, con nubes blancas dibujadas cuidadosamente.

—Este es especial —dijo—. Lo pinté pensando en los días tranquilos de primavera, cuando el cielo está despejado y las nubes parecen algodón.

Miguel lo miró con atención. Era perfecto. Sacó las monedas que había guardado en su bolsillo y pagó el globo. Mientras caminaba hacia casa, lo sostenía con cuidado, sabiendo que Ana lo amaría.

Esa noche, durante la pequeña celebración de cumpleaños, Miguel entregó el globo a su pequeña hermana.

Ana lo miró con los ojos brillantes y sonrió como nunca.

—¡Es como el cielo! —exclamó—. Es el mejor globo del mundo.

Miguel se sintió orgulloso. No solo había encontrado el regalo perfecto, sino que también había descubierto algo importante: las cosas más especiales siempre tienen una historia detrás. Y a veces, lo único que necesitamos es recordar los pequeños detalles para encontrar lo que buscamos.

El tren del tiempo

La pequeña tienda de don Héctor era un lugar que parecía atrapado en el tiempo. En sus estanterías descansaban relojes de todo tipo: antiguos de péndulo, de pared con cuco, y diminutos relojes de bolsillo con carcasas talladas a mano. Cada cliente que cruzaba la puerta llegaba con un reloj herido, y don Héctor se dedicaba a repararlos con paciencia, como si remendara el alma de sus dueños.

Una tarde, un joven desconocido entró en la tienda sosteniendo un reloj de bolsillo dorado. Tenía la cadena rota y la tapa abollada.

—Este reloj perteneció a mi abuelo —dijo el joven, colocándolo con cuidado en el mostrador—. Lo encontré en una caja, pero no funciona. ¿Cree que pueda arreglarlo?

Don Héctor tomó el reloj con manos expertas y lo examinó bajo la luz. Al abrir la tapa, notó algo peculiar: en el interior estaban grabadas unas pequeñas letras, tan finas que apenas eran visibles. Era un mensaje cifrado.

—Es un reloj especial —dijo, intrigado—. Déjeme trabajar en él. Vuelva en unos días.

El joven asintió y se marchó, dejando a don Héctor solo con el reloj y su misterio.

Aquella noche, con las herramientas extendidas en su banco de trabajo, don Héctor comenzó la reparación. Mientras ajustaba las piezas internas y pulía la tapa, no podía dejar de mirar el mensaje grabado. Con una lupa, logró descifrarlo: *"Donde el río encuentra la colina"*.

La frase despertó su curiosidad. ¿Era un lugar? ¿Un recuerdo? Pensó en lo que podía significar, pero decidió concentrarse en el mecanismo. Una vez reparado, el reloj empezó a latir con un suave "tic-tac". Al ajustarlo por completo, descubrió una segunda inscripción, oculta en la parte trasera de la esfera: *"A mi eterno compañero de viaje, 1943"*.

El día que el joven volvió por el reloj, don Héctor no pudo evitar preguntarle:

—¿Sabes algo sobre tu abuelo? ¿Por qué guardó este reloj?

El joven negó con la cabeza.

—No mucho. Solo que viajaba mucho en tren. Mi madre decía que amaba los relojes, pero no hablamos mucho de él.

Don Héctor le contó lo que había descubierto. El joven, intrigado, sugirió visitar el lugar que mencionaba la inscripción.

—"Donde el río encuentra la colina"… Creo que sé dónde es. Mi abuelo vivía cerca de un lugar así.

Juntos, viajaron al sitio: un puente viejo junto a una colina cubierta de flores silvestres. Allí, el joven encontró una caja escondida entre las piedras. Dentro había fotografías en blanco y negro, cartas, y un pequeño diario. En cada página, el abuelo había anotado sus viajes y encuentros con personas especiales.

El reloj no solo marcaba el tiempo. Guardaba los recuerdos de una vida llena de aventuras y cariño.

Don Héctor regresó a su tienda satisfecho. Había reparado algo más que un reloj: había ayudado a reconstruir una historia que el tiempo había intentado silenciar.

El álbum de recortes

El desván de la casa familiar siempre había sido un lugar de secretos. Bajo el techo inclinado y entre cajas polvorientas, los tres hermanos —Luis, Clara y Marcos— se toparon con un hallazgo inesperado: un álbum de recortes cubierto por una tela vieja.

—¿Recuerdan esto? —preguntó Luis, soplando el polvo de la portada.

—No… pero parece que era de mamá —dijo Clara, señalando la letra manuscrita en la primera página.

Marcos, el menor, ya estaba hojeando el álbum. Las páginas estaban llenas de fotografías amarillentas, entradas de cine, recortes de periódicos y pequeñas notas escritas con cuidado. Cada página parecía contar una historia, pero algo más llamaba la atención: bajo algunas fotos, había pequeñas frases como *"Busca donde el sol se esconde"* o *"Allí donde la música nunca se apaga"*.

—¿Qué significan estas frases? —preguntó Marcos.

Clara frunció el ceño, pero sonrió al instante.

—Creo que es una especie de juego… ¿Recuerdan cómo mamá siempre escondía cosas y nos daba pistas para encontrarlas?

—¡Sí! —exclamó Luis—. Siempre decía que éramos como detectives. Esto tiene que ser algo parecido.

Decidieron empezar por la primera frase: *"Busca donde el sol se esconde"*. Tras un breve intercambio de ideas, Clara señaló:

—Debe ser la ventana del cuarto de mamá. Siempre decía que era su lugar favorito para ver los atardeceres.

Subieron corriendo las escaleras y encontraron una pequeña cajita debajo de la ventana. Dentro había una vieja llave de bronce. Junto a la llave, una nota decía: *"Sigue la pista de las melodías."*

—Esto tiene que ser el piano —dijo Marcos, con los ojos brillantes.

Bajaron a la sala, donde el piano de la abuela seguía intacto pese al tiempo. Al levantar la tapa, encontraron una caja de madera decorada con dibujos de flores. Dentro había varias fotografías de los tres hermanos jugando en el jardín, con un columpio al fondo. Había otra nota: *"Bajo el árbol donde la infancia nunca termina."*

—El roble del jardín —susurró Luis, recordando las tardes jugando bajo su sombra.

Corrieron hacia el jardín y comenzaron a buscar bajo las raíces del roble. Allí encontraron una pequeña lata oxidada.

Dentro había juguetes viejos: un trompo, una cuerda para saltar y una pelota desinflada. Todos rieron al verlos. Marcos sacó una última nota: *"El tesoro está en los recuerdos compartidos."*

Los tres se miraron en silencio, luego estallaron en carcajadas.

—Esto era lo que quería mamá —dijo Clara—. Que recordáramos cómo jugábamos juntos, cómo era nuestra infancia.

Luis asintió, mirando el álbum.

—No era solo un juego. Era su forma de asegurarse de que nunca olvidáramos lo importante.

El álbum, las fotos y los juguetes volvieron a la casa, pero esta vez, no al desván. Decidieron dejarlos en la sala, como un recordatorio de su madre y de los momentos felices que siempre los unirían.

El perfume de lavanda

Clara estaba limpiando el desván de la casa de su abuela cuando, en un rincón olvidado, encontró un viejo tocador. La madera, aunque desgastada, conservaba su elegancia, y el espejo, ligeramente empañado, reflejaba una nostalgia que parecía llenar todo el lugar. Al abrir uno de los cajones, entre pañuelos bordados y broches antiguos, descubrió un frasco pequeño con tapa dorada.

Lo sostuvo entre sus manos. Era un frasco de perfume con el vidrio tallado en forma de flor. Al abrirlo, un aroma suave y dulce llenó el aire: lavanda. Clara cerró los ojos y de inmediato se vio transportada a un campo amplio y soleado. Tenía ocho años, y corría entre las flores junto a su prima Lucía. Ambas reían mientras recogían ramilletes de lavanda para hacer coronas.

De vuelta en el desván, Clara abrió los ojos, sorprendida. Hacía años que no pensaba en ese verano. Sacó el frasco del cajón y lo llevó consigo, decidida a entender por qué ese aroma despertaba tantos recuerdos.

En la cocina, su madre estaba preparando té.

—Mamá, mira lo que encontré —dijo Clara, mostrándole el frasco.

La madre lo tomó con cuidado, olió el perfume y suspiró.

—Era de tu abuela. Siempre usaba este perfume, sobre todo en los veranos. Le encantaba sentarse en el jardín rodeada de sus plantas de lavanda.

Clara frunció el ceño.

—¿Por qué nunca lo vi antes?

—Lo guardó después de aquel verano —dijo su madre, mirando el frasco con una mezcla de tristeza y ternura—. El verano en que todo cambió.

Clara sintió un escalofrío.

—¿Qué cambió?

—Es mejor que lo descubras por ti misma. Tal vez el perfume te ayude a recordar.

Esa noche, Clara llevó el frasco a su habitación. Al destaparlo de nuevo, la fragancia la envolvió, y los recuerdos volvieron como una marea. Recordó las tardes en el jardín con su abuela, quien tejía mientras ella y Lucía jugaban cerca del estanque. Recordó las noches en la terraza, cuando las luciérnagas iluminaban el aire y la abuela contaba historias sobre su juventud.

Pero había algo más. Un recuerdo difuso, como una sombra que no podía alcanzar del todo.

Al día siguiente, Clara decidió visitar a Lucía. Tal vez ella podría llenar los vacíos. Cuando le mostró el perfume, Lucía también recordó ese verano.

—Sí, la lavanda estaba por todas partes —dijo Lucía—. Pero, ¿recuerdas el cofre?

Clara parpadeó, confundida.

—¿Qué cofre?

—Había un pequeño cofre de madera en la terraza. La abuela lo abrió una noche, pero no nos dejó mirar dentro. Nos dijo que era su "tesoro secreto".

Clara sintió un escalofrío de emoción. ¿Qué contenía ese cofre? Volvieron juntas al desván y buscaron en cada rincón hasta que lo encontraron: un cofre de madera con una cerradura simple.

Dentro del cofre había cartas amarillentas, todas escritas con la letra delicada de la abuela. Eran cartas de amor, dirigidas a un hombre cuyo nombre no reconocían. También había una foto en blanco y negro: la abuela joven, sonriente, en un campo de lavanda, junto a un hombre desconocido.

Las piezas empezaron a encajar. El perfume no solo era un recuerdo del verano de su niñez, sino también del verano en que su abuela vivió un amor que nunca había compartido con nadie.

Clara cerró el cofre y lo guardó. No era un misterio para resolver, sino una historia para atesorar. El perfume de lavanda, ahora, siempre le recordaría que los aromas tienen el poder de mantener vivos los momentos más especiales.

La receta secreta

Diego siempre había asociado la cocina de su abuela con magia. Era un lugar donde los aromas de hierbas frescas, guisos a fuego lento y postres dulces parecían contar historias por sí mismos. Pero tras la reciente partida de su abuela, la cocina se había quedado en silencio, como si esperara que alguien devolviera la vida a sus ollas y cazuelas.

Una tarde, mientras ordenaba los viejos recetarios de su abuela, Diego encontró una hoja suelta en medio de un libro gastado. La receta llevaba el título: "Dulce Estrella de Higo". Diego sonrió al reconocer el nombre del postre que su abuela preparaba cada Navidad, su favorito desde que tenía memoria. Sin embargo, al leer la lista de ingredientes, notó algo extraño: varias líneas estaban en blanco.

—¿Cómo voy a hacerlo si faltan ingredientes? —murmuró.

Pero Diego no quería rendirse. Decidió que, para honrar a su abuela, intentaría reconstruir la receta.

Su primer intento fue preguntar a su madre. Sin embargo, ella solo recordaba haber ayudado a mezclar la masa.

—Eso lo preparaba tu abuela con mucho cuidado —dijo—. Pero tal vez doña Julia, la vecina, sepa algo. Era su mejor amiga y siempre cocinaban juntas.

Diego corrió a la casa de doña Julia. La mujer, ya entrada en años, sonrió al oír la mención del "Dulce Estrella de Higo".

—¡Oh, claro que lo recuerdo! —dijo, invitándolo a entrar—. Era especial porque le ponía una pizca de ralladura de limón. Eso le daba su frescura.

Diego anotó el detalle, pero doña Julia tampoco sabía todo.

—Quizá Pedro, el panadero, te ayude. Él siempre le daba algo especial a tu abuela para el postre.

En la panadería, Pedro recordaba con claridad los días en que la abuela de Diego pasaba a comprar.

—Tu abuela siempre pedía un poco de miel oscura para ese postre. Decía que era el alma del Dulce Estrella de Higo.

Diego agregó la miel a su lista, pero aún faltaban más ingredientes. Pedro lo miró con curiosidad y añadió:

—Creo que Sara, la dueña del mercado, podría saber algo más. Tu abuela siempre le compraba hierbas especiales.

En el mercado, Sara estaba encantada de ayudar.

—Ah, tu abuela siempre buscaba semillas de anís. Decía que daban el toque final al postre. ¿No te lo contó?

Diego negó con la cabeza, pero se sentía más cerca de completar la receta. Con cada ingrediente que descubría, aprendía algo nuevo sobre su abuela: su gusto por lo fresco, su amor por los sabores intensos, y cómo cada detalle tenía un significado.

Finalmente, con la receta reconstruida, Diego volvió a la cocina de su abuela. Mezcló los higos, la miel, la ralladura de limón y las semillas de anís con cuidado, como si ella lo guiara desde el recuerdo. Cuando terminó, el aroma familiar llenó el aire, y por primera vez en mucho tiempo, la cocina recobró su magia.

Al probar el postre, Diego sonrió. No era solo el sabor; era la memoria viva de su abuela en cada bocado.

La bicicleta roja

Era una tarde calurosa de verano en el tranquilo barrio de San Miguel. El sol pintaba las calles con tonos dorados, y el sonido de risas infantiles llenaba el aire. Los niños del vecindario se habían reunido como cada día para jugar. Entre ellos estaba Martín, orgulloso dueño de una brillante bicicleta roja que todos envidiaban. No era solo una bicicleta; era la más rápida y llamativa del barrio, con un timbre que resonaba como una campana y un asiento de cuero que relucía al sol.

Sin embargo, aquella tarde algo rompió la calma. Martín apareció corriendo, sudoroso y con los ojos llenos de preocupación.

—¡Alguien se llevó mi bicicleta! —gritó, deteniéndose frente a sus amigos.

Todos se miraron alarmados. En el barrio, la bicicleta roja de Martín era casi una leyenda, y la idea de que hubiera desaparecido era impensable.

—¿Estás seguro de que no la dejaste en otro lado? —preguntó Julia, una niña curiosa que siempre tenía preguntas para todo.

—¡Estoy seguro! La dejé apoyada contra el árbol frente a mi casa, como siempre —insistió Martín.

Fue entonces cuando Julián, el mayor del grupo, dio un paso al frente.

—Esto no puede quedar así. ¡Vamos a encontrar esa bicicleta antes de que caiga la noche!

El grupo comenzó su búsqueda organizándose en parejas. Julia y su hermano menor, Andrés, fueron los primeros en hallar una pista. Cerca del árbol donde Martín había dejado su bicicleta, encontraron huellas de neumáticos que parecían conducir hacia el parque.

—Mira —dijo Julia, señalando las marcas—. Alguien la rodó por aquí. ¡Sigamos el rastro!

Mientras tanto, Julián y Martín interrogaron a doña Estela, quien pasaba las tardes sentada en el balcón de su casa, siempre atenta a lo que ocurría en el barrio.

—Vi a un chico en una bicicleta roja hace rato —dijo, ajustándose las gafas—. Pero iba muy rápido, no pude ver quién era.

Con esta nueva pista, el grupo se reunió en el parque para comparar información. Las huellas conducían hacia los columpios, pero allí, las marcas desaparecían.

—¡Esto es un callejón sin salida! —dijo Martín, frustrado.

Julia se quedó pensativa.

—¿Y si no se la llevaron lejos? Tal vez la escondieron por aquí mismo. Recuerden: a veces las cosas están justo delante de nuestras narices.

El grupo comenzó a buscar entre los arbustos, detrás de los bancos y cerca del kiosco. Fue Andrés quien, gateando cerca del seto grande, dio un grito:

—¡Aquí está!

Los niños corrieron hacia él y encontraron la bicicleta roja oculta entre las ramas. Alguien había intentado esconderla, pero no con mucho éxito.

—¡Sabía que la encontraríamos! —dijo Julián, levantando la bicicleta triunfalmente.

Pero aún quedaba un misterio: ¿quién la había tomado?

De vuelta al árbol donde todo comenzó, los niños discutieron lo sucedido. Finalmente, apareció Luisito, el vecino más travieso del barrio. Se acercó cabizbajo y confesó:

—Yo la tomé… solo quería probarla un rato, pero no sabía cómo decírselo a Martín.

Martín lo miró fijamente, pero en lugar de enojarse, le tendió la mano.

—La próxima vez, pídemela. Pero ahora vamos a dar una vuelta, todos juntos.

La bicicleta roja, ahora recuperada, volvió a brillar bajo el sol mientras los niños pedaleaban felices por el barrio, recordando que trabajar en equipo era siempre la mejor solución.

La campana dorada

El pueblo de San Clemente vibraba con el bullicio de su fiesta patronal. Las calles estaban adornadas con banderines de colores, el aroma a tamales y churros llenaba el aire, y la música de mariachis competía con las risas y los gritos de los niños jugando en la plaza. Para Sofía, de diez años, la fiesta siempre había sido su día favorito del año. Pero esa vez era diferente.

Su abuelo, quien había fallecido meses atrás, solía ser el encargado de tocar la famosa campana dorada que anunciaba el inicio del desfile. Era una tradición antigua del pueblo, y nadie más lo hacía como él. Sofía siempre lo había admirado al verlo subir al campanario, su figura robusta silueteada contra el cielo azul. Sin embargo, ese año, la campana no estaba en su lugar. Nadie sabía dónde estaba.

—Sin la campana dorada, no es lo mismo —murmuró su abuela mientras ajustaba el traje típico que Sofía usaría en el desfile.

Decidida, Sofía se propuso encontrar la campana.

Tenía que estar en algún lugar, y no permitiría que la tradición de su abuelo desapareciera.

Primero fue a la iglesia, donde esperaba encontrar pistas. Allí, el padre Ignacio le explicó que la campana había sido guardada el año anterior para evitar que se dañara, pero nadie recordaba dónde la habían dejado.

—Tal vez doña Emilia sepa algo —sugirió—. Ella siempre está al tanto de todo.

Sofía corrió hacia la plaza, donde doña Emilia supervisaba los preparativos de las ofrendas. La mujer sonrió al escuchar su pregunta.

—Tu abuelo amaba esa campana —dijo, con los ojos brillantes de nostalgia—. Siempre decía que su sonido era como el corazón del pueblo. Recuerdo que la última vez que la tocó, la bajaron al almacén detrás del mercado. Pero necesitarás buscar bien; allí hay muchas cosas.

Sofía se dirigió al almacén. Entre baúles, cajas y decoraciones viejas, encontró un chaleco que había pertenecido a su abuelo. Al tomarlo, un pequeño papel cayó de uno de los bolsillos.

Era una nota que decía: "Donde la música nunca deja de sonar".

Pensativa, recordó que su abuelo siempre hablaba de la rondalla del pueblo, que ensayaba en el kiosco central. Corrió hacia allí, donde un grupo de músicos practicaba canciones tradicionales. Entre ellos, don Ramón, un amigo cercano de su abuelo, la llamó.

—¿Buscas la campana, pequeña? —preguntó con una sonrisa—. Tu abuelo la dejó aquí el año pasado. Dijo que quería que permaneciera cerca de la música que tanto amaba.

Don Ramón llevó a Sofía hasta un rincón del kiosco, donde estaba la campana dorada, cubierta con una tela blanca. Sofía la limpió con cuidado, admirando cómo brillaba bajo la luz del sol.

Con ayuda de los vecinos, la campana fue llevada al campanario, justo a tiempo para el desfile. Cuando Sofía tiró de la cuerda y el primer repique resonó en el aire, todos en el pueblo miraron hacia arriba, sonriendo con orgullo.

Esa noche, mientras los fuegos artificiales iluminaban el cielo, Sofía comprendió que la campana no solo era un símbolo de su abuelo, sino del espíritu del pueblo y de las tradiciones que los mantenían unidos.

El carnaval de los colores

La noche del carnaval había llegado al pueblo, y la plaza central se transformó en un mar de luces, música y risas. Los colores brillaban por todas partes: globos multicolores flotaban sobre las cabezas de los niños, las ruedas de la fortuna giraban con luces intermitentes, y los puestos de comida se llenaban de aromas que hacían agua la boca. Tomás, de nueve años, miraba todo con ojos deslumbrados. Era la primera vez que visitaba el carnaval, pero no era ajeno a sus historias.

—Tu abuela siempre decía que este carnaval era mágico —le había contado su madre—. Me encantaba ir cuando era niña. Cada puesto tenía algo especial, y si resolvías los acertijos, ganabas premios increíbles.

Tomás no había olvidado esas palabras. Esa noche, mientras caminaba entre los puestos, decidió que quería experimentar la magia de la que su madre hablaba.

El primer puesto que llamó su atención era un juego de dardos. Había globos de colores dispuestos en filas, y el encargado del puesto, un hombre con un sombrero amarillo, lo recibió con una sonrisa.

—Para ganar, tienes que acertar en los tres globos que representan los colores primarios: rojo, azul y amarillo. Pero cuidado, no puedes tocar otros colores —le explicó.

Tomás tomó un dardo y recordó las clases de arte en la escuela. Con cuidado, apuntó al globo rojo y lo reventó. Luego hizo lo mismo con el azul y el amarillo. El encargado aplaudió y le entregó un premio: una pulsera trenzada con los colores del arcoíris.

—Esto me recuerda las pulseras que mi madre solía hacer —pensó Tomás, sonriendo.

El siguiente puesto tenía un juego de memoria. Sobre una mesa había varias tapas de colores, y debajo de ellas, dibujos escondidos.

—Debes encontrar las dos tapas que esconden el mismo dibujo —dijo la encargada, una mujer con una blusa de lentejuelas brillantes.

Tomás levantó la primera tapa y vio un dibujo de una mariposa. La siguiente tapa mostró una estrella. Continuó buscando hasta que recordó dónde había visto la mariposa antes. Levantó ambas tapas y ganó un rompecabezas con un diseño de fuegos artificiales.

Mientras lo guardaba, recordó cómo su madre le describía los fuegos artificiales del carnaval, "como flores de luz en el cielo".

Ahora estaba viviendo ese momento.

El último puesto que visitó era un juego de acertijos. Un anciano de barba blanca le dio una hoja de papel con una pregunta:

"¿Qué cosa sin corazón tiene el poder de llenar el aire de alegría?"

Tomás pensó en todo lo que había visto esa noche: las luces, la música, los juegos. Pero entonces recordó los globos que flotaban sobre las cabezas de todos.

—¡Un globo! —dijo emocionado.

El anciano sonrió y le entregó su premio: un globo gigante lleno de confeti.

Al final de la noche, Tomás regresó a casa con sus premios y una sonrisa que no podía ocultar. Había resuelto acertijos, revivido los recuerdos de su madre y, lo más importante, había encontrado la magia del carnaval de los colores.

La brújula dorada

El ático de la casa de la abuela era un lugar que a Emma siempre le había intrigado. Cada rincón parecía estar lleno de secretos, y esa tarde lluviosa decidió que era el momento perfecto para explorar. Entre cajas llenas de fotos antiguas, mantas tejidas y un baúl cerrado con llave, encontró un objeto que brillaba bajo la tenue luz que se filtraba por la ventana: una brújula dorada.

La brújula tenía un diseño peculiar. Su carcasa estaba decorada con grabados de flores y hojas, y su aguja parecía moverse con vida propia, apuntando no hacia el norte, sino hacia un lugar desconocido. Intrigada, Emma se la llevó al salón donde su abuela tejía junto a la chimenea.

—Abuela, ¿qué es esta brújula? —preguntó, mostrando el objeto.

La abuela dejó de tejer y sonrió al verla.

—Ah, la brújula dorada —dijo—. Pertenece a nuestra familia desde hace generaciones. Dicen que no apunta al norte, sino a los lugares que guardan historias importantes para quienes la sostienen.

Emma arqueó las cejas, incrédula.

—¿Historias?

—Sí —respondió la abuela—. Si confías en ella, te llevará a descubrir partes de tu historia que no conoces.

Emma, emocionada, decidió probarla. Sostuvo la brújula en la palma de su mano y vio cómo la aguja giraba lentamente hasta detenerse en dirección al jardín trasero. Sin dudarlo, salió bajo la lluvia hacia el viejo limonero.

Debajo del árbol, encontró enterrada una pequeña caja de madera. Dentro había una foto en blanco y negro de una mujer joven con un vestido largo y un sombrero elegante. La abuela, que había seguido a Emma, suspiró al ver la foto.

—Esa es tu bisabuela, Amelia —dijo—. Era conocida por ser la mujer más elegante del pueblo. Amaba este limonero y decía que siempre era su refugio para leer y soñar.

Emma miró la foto con nuevos ojos. No sabía casi nada de Amelia, pero ahora sentía una conexión especial con ella.

La brújula no se detuvo ahí. Al día siguiente, Emma la siguió hasta el desván. Allí, la aguja apuntó hacia un baúl cerrado que contenía un diario antiguo. Al abrirlo, encontró las palabras de su abuelo cuando era joven. Narraba sus aventuras trabajando como marinero y cómo usaba la brújula para guiarse en altamar.

—Siempre decía que la brújula lo ayudaba a encontrar no solo su camino, sino también su propósito —explicó la abuela cuando Emma le mostró el diario.

Con cada destino, la brújula dorada revelaba un fragmento del pasado: cartas de amor entre sus abuelos, una receta escrita a mano por su tatarabuela, e incluso un juguete de su madre cuando era niña. Cada hallazgo le hacía sentir que su familia estaba más viva que nunca.

Finalmente, Emma entendió que la brújula no era solo un objeto; era un puente entre el presente y el pasado, una forma de recordar que su historia estaba llena de personas y momentos que la habían moldeado.

Esa noche, mientras la lluvia seguía cayendo, Emma guardó la brújula junto a su cama. Ahora sabía que no solo apuntaba a lugares, sino también a los lazos que la unían con su familia.

El jardín de los geranios

Andrés se arrodilló en el suelo del viejo jardín, con las manos hundidas en la tierra húmeda. El sol de primavera brillaba sobre su cabeza mientras plantaba pequeños geranios, las flores favoritas de su abuelo. La casa había quedado vacía desde que él partió, pero Andrés sentía que, al trabajar en el jardín, mantenía viva una parte de su espíritu.

Mientras cavaba un agujero para la siguiente planta, recordó las tardes en las que el abuelo lo guiaba con paciencia.

—Las flores no solo necesitan agua y sol —decía—. También necesitan que les hables, que les pongas atención. Cada planta tiene su propio ritmo.

Andrés sonrió al recordar esas palabras. Pero esa mañana, algo peculiar llamó su atención. Al mover una pala olvidada en el cobertizo, encontró un sobre atado al mango. Dentro había una nota con una frase escrita con la inconfundible letra del abuelo:

"El secreto de la flor más hermosa está donde el sol da su primer saludo."

Andrés frunció el ceño, intrigado. ¿Qué significaba esa frase? ¿Era un acertijo? Decidió que debía resolverlo. Su abuelo había sido un hombre lleno de sabiduría y humor, y esto parecía ser una última lección disfrazada de juego.

Primero pensó en la dirección del sol al amanecer. Caminó hacia el lado este del jardín, donde se encontraba un viejo rosal. Allí, entre las ramas, notó una caja pequeña escondida. Al abrirla, encontró otra nota:

"Busca entre las raíces de los guardianes del jardín."

Andrés se rascó la cabeza. ¿Guardianes del jardín? Luego recordó cómo su abuelo llamaba a los árboles altos que daban sombra en verano "los guardianes". Se dirigió al roble más grande y comenzó a cavar suavemente alrededor de las raíces. Pronto, su pala golpeó algo sólido: otra caja, esta vez con una vieja regadera dentro.

En la regadera había una inscripción: *"El agua es vida. Lleva esto al lugar donde florecen los recuerdos."*

Andrés se detuvo a pensar. ¿"Donde florecen los recuerdos"? Entonces lo entendió. Era el rincón donde su abuelo había plantado los primeros geranios muchos años atrás, un lugar especial donde siempre hablaba de su juventud. Caminó hacia allí con la regadera y comenzó a humedecer la tierra. Mientras lo hacía, vio cómo algo brillante salía a la superficie: una pequeña llave.

Con la llave en mano, recordó el viejo banco de madera que había en el jardín, cuya base tenía un compartimento cerrado. Corrió hacia él, abrió el compartimento y encontró una última nota junto a una bolsita de semillas.

"Las flores más hermosas nacen del cuidado, la paciencia y el amor. Planta estas semillas, y recuerda que el jardín es un reflejo de tu propio corazón."

Andrés plantó las semillas con cuidado, siguiendo los consejos de su abuelo. Con cada geranio que floreció, entendió que el acertijo no solo era un juego, sino una forma de enseñarle que la vida, como el jardín, requiere dedicación y cariño. Y así, entre flores, Andrés sintió que su abuelo siempre estaría con él.

El zapatero del pueblo

En un rincón tranquilo del pueblo, había una pequeña zapatería que parecía detenida en el tiempo. Las paredes estaban forradas con estanterías repletas de zapatos de todo tipo: botas gastadas, elegantes mocasines y zapatillas cubiertas de remiendos. Al frente, detrás de un mostrador lleno de herramientas, trabajaba don Ernesto, el zapatero.

Santiago, un joven curioso de 15 años, había comenzado a ayudar a don Ernesto después de la escuela. Cada tarde, limpiaba las estanterías o clasificaba los pares en cajas. Pero lo que más disfrutaba eran las historias que don Ernesto contaba sobre los zapatos que pasaban por sus manos.

—Cada zapato tiene su propia historia —decía don Ernesto mientras martillaba una suela—. Los pasos que damos son como las páginas de un libro.

Santiago escuchaba fascinado, pero un día, mientras organizaba un estante, notó un par de zapatos distintos.

Eran unos botines de cuero negro, bien conservados pero con marcas de uso.

No tenían etiqueta, y a diferencia de los demás, estaban envueltos en un paño de terciopelo.

—¿Y estos, don Ernesto? —preguntó, levantando los botines.

El zapatero levantó la mirada y sonrió, como si hubiera estado esperando esa pregunta.

—Esos son especiales, muchacho. Nunca los he vendido, porque aún no he encontrado quién los merece. Dicen que quien usa esos zapatos descubre un secreto sobre sí mismo.

Santiago arqueó una ceja.

—¿Un secreto?

—Así es. Pero para saber cuál es, primero debes seguir las pistas que dejaron sus dueños.

Intrigado, Santiago comenzó a buscar entre las cosas viejas del taller. En el fondo de un cajón polvoriento, encontró un papel amarillento con una nota escrita a mano: *"Los primeros pasos te llevan a la plaza."*

Sin perder tiempo, Santiago se dirigió a la plaza central del pueblo, donde los adoquines resonaban bajo sus pisadas. Recordó que don Ernesto siempre hablaba de cómo arreglaba los zapatos de los músicos que tocaban allí.

Cerca del quiosco, encontró una inscripción en uno de los bancos: *"Busca en la fábrica abandonada."*

La fábrica abandonada estaba al borde del pueblo, un edificio antiguo cubierto de enredaderas. Santiago exploró con cuidado y encontró, bajo una pila de escombros, un pedazo de cuero tallado con las palabras: *"El zapatero sabe el final."*

Regresó corriendo a la tienda, ansioso por saber qué significaban las pistas. Don Ernesto lo esperaba con una sonrisa y los botines sobre el mostrador.

—¿Qué descubriste, muchacho?

Santiago le explicó las pistas y mostró el pedazo de cuero. Don Ernesto asintió, satisfecho.

—Esos botines pertenecieron a un viajero que nunca se quedaba mucho tiempo en un lugar, pero decía que cada paso lo acercaba más a sí mismo. Me pidió que los guardara hasta que alguien joven, como tú, quisiera descubrir su propio camino.

Santiago miró los botines, y don Ernesto se los entregó.

—Pruébalos. Te llevarán donde necesitas estar.

Al calzárselos, Santiago sintió algo extraño, como si los zapatos le dieran confianza.

Ese día, mientras recorría el pueblo con los botines puestos, comprendió que el secreto no estaba en las pistas, sino en atreverse a caminar y descubrir su propia historia.

La linterna mágica

La noche se había quedado en completo silencio cuando el corte de luz sorprendió a la familia Gómez. Sin televisión, sin internet y con las velas agotadas, todos se reunieron en la sala, iluminados únicamente por la tenue luz de un teléfono.

—¿Y ahora qué hacemos? —preguntó Lucía, de nueve años, abrazando a su oso de peluche.

—Tal vez deberíamos buscar algo en el desván para entretenernos —sugirió su padre, levantándose con una linterna.

El desván era un lugar polvoriento y lleno de cajas que guardaban recuerdos de generaciones. Mientras rebuscaban, Lucía tropezó con un objeto curioso: una linterna antigua de metal dorado, con una lente de vidrio en la parte frontal.

—Mira lo que encontré —dijo, sosteniéndola con entusiasmo.

La madre de Lucía, al verla, sonrió con nostalgia.

—¡Es la linterna mágica! Mi abuelo la usaba cuando era niña. Proyectaba sombras en la pared y nos contaba historias. Vamos a probarla.

De vuelta en la sala, encendieron la linterna y la apuntaron hacia una pared blanca. Para sorpresa de todos, al iluminarla, las sombras que proyectaba no eran simples figuras geométricas, sino formas nítidas de animales: un conejo saltando, un pájaro volando, un elefante moviendo su trompa.

—¡Miren! Es un conejo —dijo Lucía, señalando la pared.

—Eso me recuerda algo —murmuró el abuelo, que observaba desde su sillón. Se ajustó las gafas y sonrió—. Cuando eras pequeña, María, tú tenías un conejo de peluche al que llamabas Benito. Siempre lo llevabas a todas partes, hasta que un día lo olvidaste en el parque.

La madre de Lucía rió al recordar.

—¡Es cierto! Papá pasó horas buscándolo, y al final estaba en mi mochila todo el tiempo.

Todos se rieron, y la linterna cambió su proyección. Ahora, la sombra era la de un pez nadando.

—Un pez... —murmuró el padre de Lucía—. Eso me hace pensar en las vacaciones que tomábamos en el río. ¿Recuerdan cuando atrapamos aquel pez enorme y luego lo dejamos escapar porque me dio pena?

Lucía lo miró con incredulidad.

—¡No sabía eso! ¿Tú dejaste escapar un pez?

—Era demasiado grande. No quería que pensara que éramos malos —dijo el padre, encogiéndose de hombros, lo que desató otra ronda de risas.

La linterna siguió proyectando figuras: un águila que recordaba la historia de cómo el abuelo vio su primer ave rapaz; un gato que evocó la llegada de la primera mascota de la familia; y una tortuga que hizo a todos recordar la vez que Lucía encontró una en el jardín y quiso adoptarla.

Con cada figura, las risas y las anécdotas llenaban la sala. Era como si la linterna mágica no solo proyectara sombras, sino también los recuerdos que la familia había guardado en algún rincón olvidado de sus mentes.

Cuando finalmente volvió la luz, nadie se apresuró a encender la televisión. La linterna mágica seguía encendida, y la familia continuó inventando historias, comprendiendo que lo más valioso no estaba en la tecnología, sino en los momentos compartidos.

El balón del campeonato

Era una tarde soleada en el pequeño pueblo de San Marcos, y como siempre, los niños jugaban fútbol en la plaza. La cancha improvisada estaba marcada con piedras como porterías, y el balón desinflado que usaban había visto mejores días. Martín, el líder del grupo, hizo un disparo que envió el balón directo al viejo almacén abandonado que nadie se atrevía a explorar.

—¡Ahora quién lo va a buscar! —protestó Pedro, mirando la oscura entrada del almacén.

—Yo voy —dijo Sara, la más valiente del grupo, mientras ajustaba su gorra y se escabullía entre las maderas desvencijadas.

Los demás esperaron con impaciencia hasta que Sara salió, pero no traía el balón viejo, sino algo mucho más interesante: un balón de cuero brillante, con letras descoloridas y una firma en su superficie.

—¡Miren esto! —exclamó, sosteniendo el balón en alto.

Martín tomó el balón y leyó la inscripción con cuidado:

"*Para el equipo de San Marcos, con gratitud y cariño. Hugo Gálvez, 1965.*"

Los ojos de los niños se abrieron como platos. Hugo Gálvez era una leyenda del fútbol, un delantero famoso en los años 60, cuyas jugadas aún se mencionaban en las historias de los abuelos del pueblo.

—¿Cómo llegó este balón aquí? —preguntó Pedro, incapaz de contener su emoción.

Decidieron que tenían que resolver el misterio. Primero llevaron el balón a don Arturo, el barbero, conocido por saber todas las historias del pueblo.

—Ah, Hugo Gálvez... —dijo don Arturo, acariciándose el bigote—. Claro que lo recuerdo. En 1965, vino a San Marcos a jugar un partido amistoso contra el equipo local. Fue un evento enorme. Todo el pueblo asistió.

—¿Pero por qué firmó este balón? —preguntó Sara.

Don Arturo se encogió de hombros.

—No sé, pero tal vez don Ramiro, el antiguo portero del equipo, pueda decirles más. Vive cerca de la iglesia.

Los niños corrieron hasta la casa de don Ramiro, quien, al ver el balón, sonrió con nostalgia.

—Ese balón… —dijo mientras lo sostenía con cuidado—. Lo recuerdo bien. Fue el premio del campeonato local que ganamos en 1965. El partido contra Hugo Gálvez fue un espectáculo. Aunque ellos ganaron, él nos felicitó y nos firmó el balón como reconocimiento por nuestra lucha.

—¿Por qué estaba en el almacén? —preguntó Martín.

Don Ramiro suspiró.

—Después del partido, nuestro equipo se disolvió. Algunos se fueron del pueblo, otros dejaron de jugar. El balón fue guardado y olvidado… hasta ahora.

Los niños decidieron devolverle la gloria al balón y a la historia del pueblo. Organizaron un partido en la plaza, invitando a los vecinos. Antes de empezar, mostraron el balón a todos, contando lo que habían descubierto.

El día del partido, don Ramiro hizo el saque inicial con el balón legendario. Aunque ya no corría como antes, todos aplaudieron. Ese día, el pueblo de San Marcos volvió a sentir el orgullo de su historia deportiva, y los niños aprendieron que los objetos, como los recuerdos, siempre pueden revivir si se cuidan con cariño.

El columpio bajo el roble

El parque del pueblo tenía un rincón especial, donde un viejo roble se alzaba como guardián del tiempo. Bajo su sombra, colgaba un columpio de madera gastada, con cuerdas gruesas que parecían haber resistido siglos de viento y lluvia. Para Sofía, una niña de diez años, el columpio era su lugar favorito. Le encantaba balancearse mientras las hojas del roble susurraban con la brisa.

Una tarde, mientras el sol jugaba a esconderse entre las ramas, Sofía escuchó algo extraño. Cada vez que el columpio se movía, un crujido peculiar parecía formar palabras. Al principio, pensó que era su imaginación, pero al prestar atención, escuchó claramente:

—*Bajo mis raíces, secretos se guardan.*

Sofía detuvo el balanceo y miró alrededor, esperando encontrar a alguien que le hablara, pero no había nadie. Intrigada, volvió a balancearse, y el columpio repitió:

—*Busca las piedras que cantan.*

Sofía frunció el ceño. ¿Qué significaba eso? Era como si el columpio quisiera contarle un secreto.

Al día siguiente, Sofía regresó al parque con una pequeña pala y su libreta. Decidió seguir las pistas, comenzando por buscar "piedras que cantan". Caminó por el parque, observando con atención cada rincón, hasta que llegó al estanque. Allí, vio un grupo de piedras que formaban un círculo junto al agua. Cuando sopló el viento, las piedras emitieron un leve silbido al rozar las ramas cercanas.

—¡Esto es! —exclamó, emocionada.

Se acercó y, entre las piedras, encontró un trozo de papel enrollado. Al abrirlo, leyó:

"Donde el sol calienta la espalda del guardián."

Sofía sabía que el guardián del parque era el gran roble, así que corrió hacia el árbol. Observó con atención mientras el sol bañaba su tronco. En la parte donde los rayos iluminaban más, encontró una pequeña marca tallada en la corteza. Emocionada, comenzó a cavar en la tierra.

Después de unos minutos, su pala golpeó algo sólido.

Con cuidado, desenterró una pequeña caja de madera. La abrió, y dentro encontró un puñado de monedas antiguas, un viejo medallón y una nota escrita con una letra elegante:

"Para quien encuentre este tesoro: recuerda que las historias del pasado son los verdaderos tesoros del presente. Este columpio ha visto generaciones de niños reír, soñar y crear. Ahora tú formas parte de su historia."

Sofía sonrió mientras sostenía el medallón. Sabía que lo que había encontrado no era solo un tesoro material, sino un vínculo con el pasado del parque y de su pueblo.

Desde ese día, cada vez que se balanceaba en el columpio, sentía que las historias que escuchaba eran parte de algo más grande, como si el viejo roble quisiera compartir con ella los secretos que había guardado durante tanto tiempo.

La tienda de discos

La tienda de discos de don Ramón era un lugar mágico en el centro del pueblo. Desde fuera, parecía una tienda más, con un cartel desgastado que decía: *"El Rincón del Vinilo"*. Pero al cruzar la puerta, se abría un universo de música. Estantes llenos de discos, pósters de cantantes legendarios y un viejo tocadiscos en la esquina daban la bienvenida a los amantes de la música.

Lucas, un adolescente curioso, solía pasar las tardes recorriendo la tienda. Aunque le gustaba la música moderna, sentía una extraña atracción por los vinilos antiguos. Aquella tarde, un disco llamó su atención. Era un álbum de portada roja con letras doradas que decía: *"Los Clásicos Dorados de 1960"*.

—¿Cuánto cuesta este, don Ramón? —preguntó Lucas, sosteniéndolo con cuidado.

El anciano dueño de la tienda lo miró con una sonrisa enigmática.

—Ese disco no es cualquier disco. Para llevártelo, tienes que ganártelo.

—¿Cómo? —preguntó Lucas, intrigado.

Don Ramón se inclinó sobre el mostrador.

—Tienes que superar tres pruebas relacionadas con las canciones de ese álbum. Si lo logras, es tuyo.

La primera prueba comenzó al instante. Don Ramón puso una canción en el tocadiscos. Era una melodía animada, con una voz que decía: "*Vuelve primavera, con flores en mi balcón…*".

—Esta canción fue un éxito de los años 50. ¿Puedes decirme su nombre?

Lucas frunció el ceño. Había escuchado esa melodía antes en casa de su abuela. Tras unos segundos, exclamó:

—¡"Flor de Azar"!

Don Ramón sonrió, asintiendo.

—Muy bien, muchacho. Una menos.

Para la segunda prueba, don Ramón lo llevó al rincón trasero de la tienda. Allí había una pequeña caja llena de objetos antiguos: un reloj de bolsillo, un sombrero y una fotografía de un hombre con una guitarra.

—Tu tarea es conectar esta fotografía con una de las canciones del disco. Escucha con atención.

Don Ramón puso otra canción. Era un bolero melancólico que hablaba de despedidas y amores perdidos.

Lucas observó la foto y notó que la guitarra del hombre tenía grabada la frase: *"Adiós, corazón."*

—La canción debe ser "Adiós, corazón" —dijo con confianza.

—Correcto —respondió don Ramón, sorprendido por su rapidez.

La última prueba era la más difícil. Don Ramón sacó un papel y escribió un verso:

"En el cielo brillan las estrellas, como aquella noche en la que canté por primera vez."

—Esta es la letra de una canción muy especial. ¿Sabes cuál es?

Lucas recordó las historias de su abuelo, quien siempre mencionaba una canción con una letra similar. Cerró los ojos, tarareó en su mente y finalmente respondió:

—"Bajo las estrellas."

El rostro de don Ramón se iluminó.

—¡Lo lograste, chico!

Lucas salió de la tienda con el disco en las manos y una sonrisa de oreja a oreja.

Aquella tarde, al colocar el vinilo en el tocadiscos de su casa, comprendió que no solo había ganado un disco, sino también un puente hacia el pasado, donde cada canción era un tesoro lleno de historias.

El libro dorado

La vieja biblioteca del pueblo era un lugar que pocos visitaban. Estaba cubierta de polvo, con estanterías que crujían bajo el peso de libros olvidados. Para Mateo, Clara y Julián, era el lugar perfecto para explorar en las tardes de verano.

Aquella tarde, mientras revisaban las estanterías más altas, Clara descubrió un libro diferente a los demás. Su portada era dorada, brillante como el sol, pero no tenía título. Lo abrió con cuidado y se sorprendió al ver que las páginas estaban completamente en blanco.

—¿Qué clase de libro es este? —preguntó, mostrándoselo a sus amigos.

Mateo lo tomó y lo examinó.

—Debe estar mal impreso —dijo, encogiéndose de hombros.

—No lo creo —respondió Julián, siempre el más curioso—. Tal vez es especial. ¡Vamos a abrirlo juntos!

Los tres se sentaron en una mesa y colocaron el libro en el centro. Clara pasó la primera página, y algo increíble sucedió. La habitación se llenó de un brillo dorado, y de repente, ya no estaban en la biblioteca. Estaban en una cocina llena de aromas familiares. Una mujer de cabello canoso mezclaba ingredientes en un gran tazón, tarareando una melodía suave.

—¡Es la abuela! —exclamó Julián, reconociendo a la mujer como la versión joven de su abuela.

La escena era tan real que podían oler el pan recién horneado y escuchar el chasquido de la cuchara contra el tazón. Al instante, la página siguiente comenzó a girar por sí sola, y los tres niños regresaron a la biblioteca, desconcertados.

—¿Qué fue eso? —preguntó Mateo.

—¡Es como un libro de recuerdos! —dijo Clara, emocionada—. Pero no nuestros recuerdos… son los de nuestras familias.

Con emoción, pasaron a la segunda página. Esta vez, el brillo los transportó a una plaza con una banda de músicos tocando canciones antiguas.

Un hombre alto y delgado bailaba con entusiasmo mientras la multitud aplaudía.

—¡Es papá! —gritó Mateo, señalando al joven bailarín—. Me contó que ganó un concurso de baile cuando era joven, pero nunca pensé que lo vería.

Rieron al ver los movimientos torpes pero alegres de su padre, y cuando la música terminó, volvieron a la biblioteca.

La tercera página los llevó a un campo de flores, donde un grupo de niños corría entre los colores. Entre ellos, Clara reconoció a su madre, una niña pequeña con trenzas, recogiendo margaritas para hacer coronas.

—Siempre me hablaba de este lugar —dijo Clara conmovida—. Me decía que era su rincón favorito para soñar.

Cuando el libro llegó a su última página, un mensaje apareció en letras doradas:

"El pasado vive en los recuerdos. Compartirlos mantiene viva la magia de quienes amamos."

Los niños cerraron el libro con cuidado. Sabían que habían encontrado algo único, no solo un libro, sino una conexión con las vidas de sus padres y abuelos.

A partir de ese día, la biblioteca se convirtió en su lugar favorito, porque allí podían viajar al pasado y mantener vivas las historias de su familia.

La fábrica de dulces

Mateo tenía un gran secreto: adoraba los caramelos de limón. No cualquier caramelo, sino los que hacía la antigua fábrica de dulces del pueblo. La fábrica había cerrado muchos años atrás, pero la abuela de Mateo aún guardaba un frasco con los últimos caramelos. Cada vez que Mateo probaba uno, se preguntaba cómo los hacían tan deliciosos.

Una tarde, mientras paseaba cerca de la fábrica abandonada, vio algo extraño: la puerta principal estaba entreabierta. La curiosidad pudo más que el miedo, y Mateo se adentró con cautela.

El interior estaba lleno de máquinas antiguas, tubos oxidados y moldes de todas las formas. Pero lo que más llamó su atención fue una mesa en el centro de la sala, donde había una hoja de papel y un pequeño frasco vacío.

En la hoja, alguien había escrito:

"Si deseas conocer el secreto del caramelo perfecto, resuelve los acertijos y reúne los ingredientes. Buena suerte."

Mateo sonrió, emocionado. ¿Quién había dejado esa nota? No lo sabía, pero no iba a dejar pasar la oportunidad.

El primer acertijo decía:

"Soy dulce, pero no de azúcar, y en la tierra suelo brillar. Búscame donde los colores se mezclan con el cristal."

Mateo miró a su alrededor y vio una mesa llena de frascos con diferentes colores. Entre ellos, encontró uno lleno de miel dorada. Era el primer ingrediente.

—¡Esto es divertido! —exclamó mientras lo guardaba en el frasco vacío.

El segundo acertijo decía:

"Mi sabor es fresco como el aire del invierno. Encuéntrame donde el frío congela los sueños."

Mateo exploró hasta llegar a una sala donde había una vieja máquina de helados. Al buscar en un compartimento, encontró un pequeño frasco etiquetado como "Extracto de menta".

—Otro ingrediente —dijo con entusiasmo, añadiéndolo a su frasco.

El tercer y último acertijo era más complicado:

"*De color amarillo y aroma cítrico, me escondo donde las estrellas parecen bailar.*"

Mateo se quedó pensando. Miró alrededor hasta que notó una lámpara en forma de estrella colgando del techo.

Se subió a una silla, y detrás de la lámpara encontró un frasco con ralladura de limón.

— ¡Lo tengo! —gritó.

Con los ingredientes reunidos, Mateo regresó a la mesa central. Allí, la hoja de papel había cambiado. Ahora decía:

"*Mezcla los ingredientes con una pizca de paciencia y otro tanto de imaginación.*"

Mateo siguió las instrucciones y vertió los ingredientes en un molde pequeño que estaba sobre la mesa. Luego giró una manivela y esperó. De repente, de la máquina salió un caramelo perfecto, brillante y amarillo.

Lo probó, y su sabor era tan delicioso como los que hacía la abuela.

Al salir de la fábrica, Mateo se prometió guardar el secreto de cómo había hecho el caramelo. Pero cada vez que alguien del pueblo probaba uno de los caramelos que hacía, decían lo mismo:

—¡Esto sabe como los dulces de la antigua fábrica!

Mateo sonreía, sabiendo que había rescatado una parte de la magia perdida del pueblo.

La carta sin remitente

Era una mañana tranquila cuando la familia Gutiérrez encontró algo inusual en su buzón. Entre las facturas y los folletos publicitarios, había un sobre amarillento, sellado con una marca antigua y escrito a mano con una caligrafía elegante. Lo más extraño era que no tenía remitente ni destinatario.

—¿De quién será? —preguntó Ana, la hija mayor, mientras lo colocaba sobre la mesa.

—Tal vez sea un error —dijo su madre, pero no podía ocultar su curiosidad.

—¡Ábranla! —insistió Daniel, el hermano menor.

Con cuidado, la madre rompió el sello. Dentro había una carta escrita con tinta azul, que comenzaba con las palabras: "*A mi querido amigo, con quien compartí los días más felices de mi vida...*"

Intrigados, comenzaron a leer. La carta hablaba de paseos en bicicleta por un parque, de tardes soleadas junto a un lago y de un baile bajo las estrellas. Las descripciones eran tan vívidas que parecía que las escenas cobraban vida en la sala.

—¿Quién pudo haber escrito esto? —preguntó Ana.

El padre, quien hasta entonces había permanecido en silencio, tomó la carta y estudió la caligrafía.

—Esta letra me resulta familiar. Creo que podría ser de mi madre.

La abuela de Ana y Daniel había fallecido hacía años, pero su recuerdo seguía vivo en la familia. Decidieron buscar en los viejos álbumes de fotos, y allí encontraron una imagen que coincidía con las historias de la carta: la abuela joven, junto a un hombre desconocido, en lo que parecía ser un parque.

La carta continuaba con más detalles, mencionando un tren que partía hacia una ciudad lejana. Esto llevó a Ana a revisar una caja de recuerdos en el desván. Allí encontró un billete de tren de los años 50, con el destino "San Esteban" escrito en letras desgastadas.

—¿Creen que este sea el lugar del que habla la carta? —preguntó Ana, sosteniendo el billete.

—Es posible —respondió su madre—. Pero no sabemos si la carta era para tu abuela o para alguien más.

Decididos a resolver el misterio, los Gutiérrez comenzaron a preguntar a los vecinos más antiguos del pueblo. Fue don Gregorio, el zapatero, quien recordó algo importante.

—Sí, sí, claro que recuerdo a tu abuela —dijo a Ana—. Antes de casarse, tenía un amigo cercano, un joven que vino de San Esteban. Solían pasar horas juntos, pero un día él se marchó, y nunca supe por qué.

La familia concluyó que la carta debía ser de aquel hombre, escrita tal vez para despedirse, pero que nunca llegó a tiempo. ¿Cómo había llegado al buzón tantos años después? Era un misterio que no podían resolver, pero eso no importaba.

Aquella noche, la familia Gutiérrez se sentó junto a la mesa, recordando las historias de la abuela, ahora con nuevos matices. La carta sin remitente no solo había desvelado una parte de su pasado, sino que les había unido, compartiendo las memorias que construían sus raíces.

Y así, el sobre amarillento encontró su lugar entre los tesoros más preciados de la familia, como un recordatorio de que las historias olvidadas pueden regresar cuando menos lo esperamos.

El circo de las estrellas

La carpa del Circo de las Estrellas apareció en las afueras del pueblo una mañana, como si hubiera brotado del suelo durante la noche. Sus colores vibrantes y las luces que brillaban incluso de día llamaron la atención de todos, especialmente de Lucía y Tomás, dos hermanos que habían oído historias sobre el legendario circo, famoso por sus espectáculos llenos de magia.

Esa misma noche, convencieron a sus padres para asistir. Al entrar, quedaron maravillados: el aroma a palomitas recién hechas, la risa de los payasos y los trajes brillantes de los artistas creaban un ambiente de ensueño. Pero algo extraño sucedió cuando tomaron asiento. Un hombre vestido con un traje de terciopelo negro, que parecía ser el maestro de ceremonias, se acercó a ellos.

—¿Lucía y Tomás? —preguntó, inclinándose con una sonrisa misteriosa.

—¿Cómo sabe nuestros nombres? —preguntó Tomás, desconcertado.

—Porque ustedes han sido elegidos. Algo falta en este circo, y ustedes deberán ayudarnos a encontrarlo. Si aceptan, las estrellas les guiarán.

Lucía, siempre valiente, asintió de inmediato. Tomás dudó, pero finalmente aceptó. El maestro de ceremonias les entregó una estrella dorada tallada en madera y les susurró:

—Sigan las pistas que los artistas les darán. Cada espectáculo les revelará una parte del misterio.

El primer acto era de un acróbata que caminaba sobre una cuerda floja. Sus movimientos eran gráciles y llenos de confianza. Cuando terminó, el acróbata les señaló con una sonrisa y dijo:

—Para descubrir lo que buscan, recuerden esto: a veces, la valentía no es no tener miedo, sino avanzar a pesar de él.

Lucía lo anotó en su libreta, intrigada. ¿Qué tendría que ver eso con el misterio?

El segundo acto era un mago que hacía desaparecer objetos y luego los hacía reaparecer de formas inesperadas. Al final del espectáculo, les entregó un pañuelo con una palabra bordada: *Imaginación*.

—No subestimen el poder de ver las cosas de una manera diferente —les dijo antes de desaparecer en una nube de humo.

El tercer acto era de un grupo de payasos. Hicieron reír a todo el público con sus bromas y torpezas, pero al final se acercaron a los hermanos y dijeron:

—La risa es la clave para superar cualquier obstáculo.

Tomás y Lucía intercambiaron miradas. Las pistas parecían extrañas, pero decidieron confiar en el proceso.

Cuando todos los actos terminaron, el maestro de ceremonias volvió a aparecer frente a ellos.

—¿Han descubierto lo que falta en nuestro circo? —preguntó.

Lucía pensó en las pistas: valentía, imaginación y risa. Entonces comprendió.

—Lo que falta no es un objeto, es algo que une a todos los artistas. Es el corazón del circo: trabajar juntos con creatividad y valor.

El maestro de ceremonias sonrió ampliamente.

—Exacto. No buscamos un objeto, sino recordar lo que nos hace especiales. Y ustedes nos lo han mostrado.

Esa noche, Lucía y Tomás fueron invitados a participar en el espectáculo final. Mientras las estrellas brillaban sobre la carpa, aprendieron que el verdadero misterio del circo era el poder de los valores que conectaban a todos, tanto dentro como fuera de la pista.

El sombrero de paja

El ático de la casa de los abuelos siempre había sido un lugar lleno de misterios para Carla. Aquel día, mientras ayudaba a limpiar, encontró un sombrero de paja cubierto de polvo, con una cinta roja descolorida. Lo levantó con curiosidad, admirando su diseño clásico, y notó una pequeña inscripción en el interior de la banda:

"A la reina de la fiesta, 1954."

—¿Qué es esto? —preguntó, bajando rápidamente las escaleras para mostrárselo a su abuela.

La abuela Clara, al verlo, soltó una risa suave, llena de nostalgia.

—Ese sombrero… Fue de la gran fiesta de campo que organizamos en 1954. ¡Cómo bailamos esa noche! —dijo, sus ojos brillando al recordar.

—¿Fuiste la reina de la fiesta? —preguntó Carla, intrigada.

—No, querida. Ese sombrero no era mío —respondió, frunciendo el ceño, como si intentara recordar algo importante.

La respuesta desconcertó a Carla.

Si su abuela no era la dueña, ¿quién había sido "la reina de la fiesta"? Decidió investigar más y fue a visitar a don Miguel, uno de los vecinos más ancianos del pueblo, que también había asistido a aquella fiesta.

Don Miguel sonrió al ver el sombrero.

—Ah, sí, recuerdo esa noche. Fue una de las fiestas más grandes del pueblo. Había música, baile, comida por todos lados. Pero ese sombrero… no estoy seguro de quién lo usó.

—¿No era de mi abuela? —preguntó Carla.

Don Miguel negó con la cabeza.

—No, tu abuela organizó todo, pero no llevaba un sombrero de paja. Ese lo llevaba alguien más, pero… mi memoria ya no es la misma.

Antes de irse, don Miguel le dio una pista: *"Pregúntale a doña Elisa. Ella nunca olvida nada de esas fiestas."*

Carla fue a visitar a doña Elisa, quien vivía en una casa llena de plantas y adornos antiguos. Cuando le mostró el sombrero, los ojos de la anciana se iluminaron.

—¡Ese sombrero! —exclamó—. Claro que lo recuerdo. Lo llevaba una chica muy especial, pero no era tu abuela. Era su prima, Margarita.

Carla estaba sorprendida. Nunca había oído hablar de Margarita.

—¿Por qué nunca la mencionaron? —preguntó.

Doña Elisa suspiró.

—Margarita era la favorita de todos, pero dejó el pueblo poco después de esa fiesta. Era muy joven y soñadora. Dicen que se enamoró de alguien en la ciudad y se fue a buscar una nueva vida.

Esa noche, Carla volvió a casa con más preguntas que respuestas. Cuando se lo contó a su abuela, Clara sonrió con tristeza.

—Margarita era mi prima. Nos criamos como hermanas. Esa noche fue especial para ella porque era su última en el pueblo. El sombrero lo dejé guardado, esperando que algún día volviera por él.

—¿Y qué pasó con ella? —preguntó Carla.

—Recibimos algunas cartas al principio, pero luego dejó de escribir. Siempre quise saber si encontró lo que buscaba.

El sombrero, ahora libre de polvo, se convirtió en un símbolo de aquella noche y de los sueños de Margarita.

Carla prometió investigar más sobre su historia, pero mientras tanto, decidió que el sombrero debía volver a ocupar un lugar de honor en la casa, como un recuerdo de la fiesta, la familia y los secretos que aún estaban por descubrir.

La melodía escondida

La escuela de música del pueblo llevaba años abandonada. Sus paredes de ladrillos grises estaban cubiertas de enredaderas, y las ventanas rotas dejaban entrar la luz del sol en finos rayos que iluminaban el polvo suspendido en el aire. Para Sofía, Lucas y Paula, era el lugar perfecto para explorar durante las tardes.

Una tarde, mientras recorrían el edificio en busca de "tesoros", como ellos decían, Lucas tropezó con una carpeta vieja en un rincón. Al abrirla, descubrieron que estaba llena de partituras. Sin embargo, algo era extraño: todas estaban incompletas, como si alguien hubiera dejado de escribirlas a la mitad.

—¿Qué crees que son? —preguntó Paula, tocando el papel amarillento con cuidado.

—Son canciones, pero faltan partes —respondió Sofía, que había aprendido a leer partituras en la escuela.

En la primera página, en letras apenas legibles, había una nota escrita: *"Completa la melodía y descubrirás el eco del pasado."*

Intrigados, los niños llevaron las partituras a un salón donde encontraron un viejo piano, desafinado pero aún funcional. Sofía, que sabía tocar, intentó interpretar la primera partitura. Era una melodía simple pero hermosa, que se detenía abruptamente en mitad de una frase musical.

—Parece que pide que la terminemos —dijo Lucas, emocionado.

Paula, siempre creativa, sugirió una continuación. Sofía tocó las notas sugeridas, y al hacerlo, ocurrió algo extraño: la sala se llenó de un eco suave, y los niños comenzaron a escuchar una voz lejana.

—Esa canción… era de mi abuela —susurró Paula, sorprendida—. Me la cantaba cuando era pequeña. Siempre decía que la aprendió aquí, en esta escuela.

Entusiasmados, pasaron a la segunda partitura. Esta vez, la melodía era más alegre, casi como una marcha. Cuando Sofía completó la frase faltante, escucharon risas y aplausos, como si un grupo de niños estuviera corriendo a su alrededor.

—Esto es raro, pero me gusta —dijo Lucas, riendo—. Mi abuelo me contó que jugaba aquí cuando era niño. Tal vez esta canción era de uno de sus juegos.

La tercera partitura era la más complicada.

Sus notas eran melancólicas, y al completarla, la sala pareció llenarse de un aire más frío. Los niños escucharon una voz suave cantar:

"Las estrellas brillan, el tiempo no espera…"

Sofía se detuvo al reconocerla.

—Es la canción que mi madre cantaba cuando me dormía —dijo con los ojos brillantes—. No sabía que había salido de aquí.

Cuando completaron la última partitura, un cajón del piano se abrió con un crujido. Dentro había una carta firmada por el maestro que había dirigido la escuela décadas atrás. En ella, explicaba que cada canción había sido creada por los estudiantes, inspirados en sus vidas y recuerdos.

"Este lugar está lleno de historias. Cada melodía es un fragmento de quienes pasaron por aquí. Al completarlas, ustedes también se convierten en parte de esta historia."

Los niños salieron de la escuela con las partituras completas, sabiendo que habían revivido no solo canciones, sino los ecos de un pasado lleno de música y emociones. Decidieron conservarlas y compartirlas con el pueblo, para que las historias no se perdieran de nuevo.

El caballito de madera

En un rincón polvoriento del desván de su abuela, Andrés encontró algo que parecía salido de un cuento: un caballito de madera tallada, con crines hechas de hilo deshilachado y una base desgastada por el tiempo. Aunque estaba roto, aún conservaba una delicada elegancia.

—¿De dónde salió esto? —preguntó Andrés mientras bajaba el caballito para mostrárselo a su abuela.

La abuela, al verlo, se detuvo y lo tomó entre sus manos con una sonrisa nostálgica.

—Este caballito lo hizo tu bisabuelo en su taller. Era un artesano muy talentoso. Tenía un don especial para dar vida a sus creaciones.

Andrés se quedó mirando el caballito con más atención. Tenía grabados finos en los costados, pero el tiempo los había borrado en su mayoría. Sin embargo, una inscripción aún era legible en la base: *"Para quien lo cuide, mis historias regalará."*

—¿Qué significa? —preguntó Andrés, intrigado.

—No lo sé —respondió su abuela—, pero ese caballito siempre ha tenido un aire de misterio. Tal vez tú puedas descubrirlo.

Esa misma tarde, Andrés decidió restaurar el caballito. Mientras limpiaba las grietas y lijaba la madera, encontró algo curioso: un pequeño compartimento oculto bajo la base. Al abrirlo, descubrió una hoja doblada con un dibujo de un taller lleno de herramientas, junto con una nota que decía: *"El primer paso está donde el sol toca la madera."*

Andrés recordó que el taller de su bisabuelo aún existía, aunque abandonado, al fondo del patio. Corrió hacia allí y buscó entre las herramientas y muebles viejos. En la mesa de trabajo, donde el sol de la tarde iluminaba, encontró una pequeña llave oxidada.

La llave tenía grabada una palabra: *"Recuerdos."* Andrés la llevó de vuelta al caballito, esperando que le diera alguna pista más. Mientras lo examinaba, notó que una de las patas parecía moverse.

Girándola con cuidado, encontró un pequeño cajón escondido en el cuerpo del juguete. Dentro había una carta.

La carta era una especie de diario, escrito por su bisabuelo. En ella hablaba de su amor por la artesanía y cómo cada juguete que creaba contenía un pedazo de su vida.

El caballito de madera, decía, había sido su obra favorita, y lo había tallado pensando en los días felices de su infancia en el campo.

"Quien restaure este caballito tendrá no solo un juguete, sino una conexión con las historias de mi vida."

Con la ayuda de su abuela, Andrés comenzó a reconstruir no solo el caballito, sino también la historia de su bisabuelo. Descubrió que las tallas en el juguete representaban lugares importantes: el río donde jugaba, el árbol bajo el que aprendió a tallar, y la casa donde se enamoró de su esposa.

Cuando finalmente terminó la restauración, el caballito brillaba como nuevo. Pero más que un juguete restaurado, Andrés sentía que había recuperado algo más profundo: las memorias de su familia.

Desde ese día, el caballito de madera ocupó un lugar especial en su cuarto, no solo como un juguete, sino como un puente hacia las raíces de su historia.

La heladería de los sabores perdidos

En un callejón tranquilo del pueblo, había una heladería que pocos conocían, pero quienes la encontraban siempre volvían. Era pequeña, con un letrero desgastado que decía: "La Heladería de los Sabores Perdidos". Ana y Mateo, dos hermanos curiosos, la descubrieron una tarde mientras buscaban un lugar para escapar del calor.

Al entrar, el aire fresco y dulce los envolvió. Tras el mostrador, un hombre de cabello blanco y ojos brillantes, que parecía tan antiguo como el lugar, les dio la bienvenida.

—Bienvenidos, jóvenes. Aquí no encontrarán helados comunes. Mis sabores son especiales: cada uno guarda una historia —dijo con una sonrisa misteriosa.

Ana y Mateo miraron el menú. Los nombres eran extraños: "Mañanas de jazmín", "Tormenta de nueces", "Recuerdo de feria". Cada uno prometía algo más que un simple sabor.

—¿Qué les gustaría probar? —preguntó el heladero.

Mateo eligió "Recuerdo de feria", y Ana, intrigada, pidió "Mañanas de jazmín".

El primer bocado de Mateo fue un estallido de dulzura y colores. De repente, se encontró caminando entre puestos de feria, con luces brillantes y música alegre. Había algodones de azúcar, caballitos de madera y risas infantiles.

—¡Esto es como las historias que el abuelo contaba! —exclamó Mateo, emocionado.

Ana, al probar su helado, cerró los ojos y sintió el aroma de flores frescas. De pronto, se vio sentada en un jardín con su abuela, quien le enseñaba a cuidar plantas mientras le hablaba de su infancia.

—Es como si estuviera allí otra vez… —murmuró Ana, conmovida.

El heladero los observaba con una sonrisa.

—Cada sabor está inspirado en un recuerdo —explicó—. Muchos de ellos provienen de las historias de abuelos y abuelas que visitaron este lugar.

Mateo y Ana no podían dejar de probar más combinaciones. "Tormenta de nueces" les recordó una tarde lluviosa en casa, jugando a construir fuertes con cojines. "Verano en el campo" les llevó a los días de correr tras mariposas en las vacaciones.

Pero un sabor llamó especialmente su atención: *"El rincón del tiempo."*

—¿Qué es ese? —preguntó Ana.

—Ah, ese es único —dijo el heladero, sacando un pequeño frasco—. Contiene un poco de todo, pero solo quienes lo prueban sabrán qué significa.

Cuando ambos dieron un bocado, una ola de recuerdos los envolvió. No era un recuerdo en particular, sino todos los momentos felices que habían compartido con sus abuelos: los cuentos antes de dormir, las tardes de juegos, las canciones que les cantaban.

Cuando el sabor se desvaneció, los niños miraron al heladero, asombrados.

—Gracias —dijeron al unísono.

Al salir de la heladería, Mateo y Ana se dieron cuenta de que no solo habían probado helados, sino que también habían redescubierto algo importante: los recuerdos más dulces siempre estaban a su alcance, listos para ser revividos una y otra vez.

El teatro de las marionetas

En la plaza central del pequeño pueblo de Santa Rosa, se levantó una carpa que nadie había visto antes. Tenía colores vivos y un letrero que decía: "El Teatro de las Marionetas". Era un espectáculo inesperado, y pronto los niños corrieron hacia allí, curiosos por descubrir qué historias se contarían.

Entre ellos estaban Elena, Diego y Martín, tres amigos inseparables. Entraron con entusiasmo, encontrando un escenario sencillo con un telón rojo y un cartel que anunciaba la función del día: "Cuentos del viejo pueblo."

Un hombre de cabello blanco y mirada bondadosa salió al escenario y saludó con voz firme.

—Bienvenidos, niños y niñas. Hoy las marionetas les contarán historias de Santa Rosa, pero quizás descubran algo que nunca imaginaron.

El telón se abrió, y las marionetas cobraron vida.

Había campesinos, músicos, animales y edificios en miniatura que recreaban un pueblo parecido al suyo, pero de otra época.

La primera historia era sobre un burro que se había perdido en una gran tormenta. Las marionetas representaron cómo los habitantes del pueblo se unieron para buscarlo y cómo, al final, el burro fue encontrado gracias a un niño valiente.

—¡Mi abuelo me contó esa historia! —susurró Diego, emocionado—. Decía que el burro pertenecía al panadero del pueblo.

Elena asintió, recordando cómo su abuelo también mencionaba una gran tormenta que había azotado Santa Rosa hace décadas.

La segunda historia mostraba a una joven marioneta que tocaba el violín en la plaza mientras la gente se reunía a escucharla. Sin embargo, la música se detuvo cuando un hombre con traje elegante intentó llevársela a la ciudad.

—Esa es como la historia de doña Clara —dijo Elena—. Siempre dice que tocaba el violín en la plaza y que rechazó una oferta para irse porque no quería dejar el pueblo.

Los niños comenzaron a darse cuenta de que las historias no eran solo cuentos: eran fragmentos del pasado de su propio pueblo.

La tercera y última historia era la más emocionante. Las marionetas representaban a un grupo de niños que ayudaban a salvar un viejo molino que iba a ser derribado.

Los niños convencieron a los adultos de restaurarlo en lugar de destruirlo.

—¡El molino! —exclamó Martín—. Todavía está en las afueras del pueblo. Mi abuela siempre dice que los niños de Santa Rosa lo salvaron.

Los tres amigos se miraron con asombro. ¿Cómo podía el teatro conocer todas estas historias?

Al final de la función, el hombre de cabello blanco salió de nuevo al escenario.

—Gracias por escuchar las historias del viejo pueblo —dijo—. Estas marionetas guardan los recuerdos de Santa Rosa, para que nunca se pierdan.

Cuando los niños salieron de la carpa, se sintieron más conectados con su pueblo que nunca. Sabían que las historias no solo vivían en los libros o en las palabras de sus abuelos, sino también en el teatro de las marionetas, que de alguna manera había preservado los momentos más importantes de su comunidad.

El reloj cucú

El reloj cucú llevaba colgado en la pared del comedor de la familia Romero por generaciones. Había pertenecido al abuelo de Paula, y su diseño detallado, con pequeñas tallas de pájaros y hojas, siempre había fascinado a todos. Sin embargo, lo que lo hacía especial no era solo su apariencia: el reloj parecía tener un carácter propio. Había días en que se adelantaba, días en que se atrasaba, y algunos momentos en que el cucú no salía, como si estuviera molesto.

Cuando Paula cumplió 14 años, su madre le dijo:

—Este reloj ahora es tuyo. Pero debes saber algo: no es un reloj común. Escúchalo con atención, y puede que te diga más de lo que esperas.

Paula no entendió del todo, pero aceptó el reloj con entusiasmo. Decidió colocarlo en su habitación, donde pudiera observarlo de cerca.

La primera noche, el reloj marcó las horas con precisión. El cucú salía a cantar cada vez que debía. Sin embargo, al día siguiente, ocurrió algo extraño. Mientras Paula repasaba una vieja carta de su abuela, el cucú comenzó a salir antes de tiempo, como si estuviera apurado.

—¿Qué te pasa? —preguntó Paula en voz alta.

El reloj, por supuesto, no respondió, pero Paula comenzó a notar un patrón. Cada vez que pensaba en algo que le provocaba emoción, ya fuera alegría, tristeza o nostalgia, el reloj alteraba su ritmo. Cuando recordaba un momento feliz, el cucú se adelantaba; cuando se sentía melancólica, el reloj se atrasaba.

Intrigada, decidió investigar más. Llevó el reloj al desván, donde había una caja llena de objetos de su abuelo. Entre ellos, encontró un cuaderno con anotaciones y un dibujo del reloj.

"El tiempo no siempre se mide en minutos," decía una nota. *"A veces, el corazón dicta el ritmo."*

Paula comenzó a probar su teoría. Cada vez que sentía una emoción fuerte, observaba cómo el reloj reaccionaba. Una tarde, al tocar el piano, recordó las canciones que su abuelo le enseñaba, y el cucú comenzó a salir repetidamente, como celebrando su memoria.

Sin embargo, un día el reloj dejó de funcionar. Preocupada, Paula lo abrió con cuidado y encontró una pequeña llave escondida dentro. Estaba envuelta en un papel que decía: *"El secreto del tiempo está en la caja de los recuerdos."*

Paula recordó una caja de madera que había visto en el desván.

Corrió hacia allí y usó la llave para abrirla. Dentro encontró fotografías antiguas, cartas y un medallón con una inscripción: *"Para quien sepa escuchar el tiempo."*

Al leer las cartas, Paula descubrió historias de su familia que nunca había oído antes: cómo su abuelo conoció a su abuela en un tren, cómo lucharon por mantener la casa, y cómo el reloj cucú había sido un regalo de amor.

Esa noche, Paula volvió a darle cuerda al reloj, que comenzó a marcar las horas con precisión. Ahora sabía que no solo heredaba un objeto, sino también un legado de historias y emociones. Desde entonces, cada vez que el cucú salía, recordaba que el tiempo no solo está en los segundos, sino en los momentos que llenan el corazón.

El puerto de los barcos de papel

El verano había llegado al pequeño pueblo de Santa Clara, y los niños pasaban sus tardes junto al riachuelo que atravesaba el parque. Aquel día, Julieta, Diego, y Elena decidieron construir barcos de papel para hacerlos navegar por el agua. Era su juego favorito: escribían un deseo en cada barco y lo lanzaban al río, viendo cuál llegaba más lejos.

—El mío llevará un deseo de vacaciones eternas —dijo Diego mientras doblaba su papel.

—Yo quiero un perrito —añadió Elena con una sonrisa.

—El mío es secreto —murmuró Julieta, guiñando un ojo.

Cuando los barcos estuvieron listos, los lanzaron al agua uno a uno, observando cómo la corriente los llevaba río abajo. Sin embargo, mientras jugaban, Diego notó algo extraño. Entre los barcos que flotaban apareció uno que ninguno de ellos había construido. Estaba hecho de un papel amarillento y tenía un mensaje escrito con letra antigua.

Lo sacaron con cuidado, y Diego leyó en voz alta:

"Donde las estrellas tocan el agua, hallarás la llave del tiempo."

Los tres se miraron, intrigados. ¿Quién había lanzado ese barco? Y, más importante, ¿qué significaba el mensaje?

Decidieron seguir la pista. Después de discutirlo, Elena recordó que en el parque había un viejo estanque donde las estrellas parecían reflejarse perfectamente por las noches.

—Tal vez se refiere a ese lugar —dijo.

Cuando el sol comenzó a caer, los tres amigos corrieron al estanque con linternas en mano. Al llegar, buscaron algo que pudiera darles más pistas. Entre los juncos, Diego encontró un pequeño frasco con un papel enrollado dentro.

Lo abrieron con emoción, y el papel decía: *"Busca la roca que cuenta historias."*

Julieta recordó una gran roca junto al riachuelo, donde los niños del pueblo solían sentarse para inventar cuentos. Al día siguiente, regresaron allí y buscaron alrededor. En una grieta de la roca, encontraron una pequeña caja de madera. Dentro había una llave de metal y una nota más: *"La puerta al puerto de los recuerdos se abre en el molino."*

El viejo molino era un lugar lleno de leyendas, y aunque les daba un poco de miedo, la curiosidad era más fuerte. Cuando llegaron, encontraron una puerta de madera con un candado oxidado. La llave encajó perfectamente, y al abrirla, descubrieron una habitación llena de objetos antiguos: fotos, cartas, y un diario que parecía haber pertenecido a alguien del pueblo.

El diario contaba historias de personas que habían vivido allí hacía mucho tiempo. Había deseos anotados, similares a los que ellos escribían en sus barcos de papel. Comprendieron que el mensaje del barco misterioso era una forma de conectarlos con esas vidas pasadas, para recordar que los sueños, grandes o pequeños, construyen historias.

Desde ese día, los amigos continuaron lanzando barcos al agua, pero ahora lo hacían con un propósito especial: llenar el río de sueños y recordar que cada deseo podía ser parte de algo más grande, como las historias que fluían junto a la corriente.

La chaqueta azul

En un soleado mercadillo del pueblo, Laura y su hermano Nicolás recorrían los puestos buscando algún tesoro escondido. Entre cajas de libros viejos y lámparas oxidadas, Laura notó una chaqueta azul colgada de un perchero. Era elegante, con botones dorados y un bordado delicado en el bolsillo.

—Mira esta chaqueta, Nico —dijo, tomándola con cuidado—. Parece sacada de otra época.

En el interior del forro había una etiqueta descolorida con las iniciales *A.G.*, y un papel doblado que alguien había dejado olvidado en uno de los bolsillos.

—¿Qué dice? —preguntó Nicolás, intrigado.

Laura desdobló el papel. Era una carta escrita con tinta, en una caligrafía elegante pero apresurada:

"Alguien debe guardar esta historia. La libertad siempre tiene un precio, y quienes luchan por ella nunca deben ser olvidados."

Los hermanos intercambiaron una mirada de asombro.

—¿De quién será esta chaqueta? —se preguntaron al unísono.

Decidieron comprarla y comenzar su investigación. Al llegar a casa, mostraron la chaqueta a su abuelo, quien era un amante de las historias antiguas. Al verla, el abuelo entrecerró los ojos, como si intentara recordar algo.

—Esta chaqueta se parece mucho a las que usaban los trabajadores del ferrocarril en los años 40 —dijo—. Pero estos botones dorados… eso es especial. Tal vez perteneció a alguien importante.

Laura y Nicolás decidieron seguir la pista del ferrocarril. Fueron a la vieja estación, que ahora era un museo, y hablaron con el encargado, don Esteban. Al mostrarle la chaqueta, sus ojos se iluminaron.

—Esta chaqueta… —murmuró—. Podría ser de Arturo Gómez, un hombre que trabajó aquí hace mucho tiempo. Él no era solo un empleado del ferrocarril; fue un líder en las huelgas que buscaban mejores condiciones para los trabajadores.

Don Esteban les contó que Arturo Gómez había sido una figura clave en la historia del pueblo. En los años 40, organizó a los trabajadores del ferrocarril para exigir salarios justos y mejores condiciones laborales.

Las huelgas habían sido pacíficas, pero no exentas de riesgos. Según la historia local, Arturo desapareció misteriosamente después de la última huelga, y nadie supo qué fue de él.

Laura recordó la carta encontrada en el bolsillo y pensó que tal vez Arturo la había escrito antes de desaparecer.

—¿Dónde podríamos encontrar más información sobre él? —preguntó Nicolás.

—Tal vez en los archivos del ayuntamiento —sugirió don Esteban—. Allí guardan documentos antiguos del pueblo.

En los archivos, encontraron una colección de cartas y registros que mencionaban a Arturo Gómez. Descubrieron que no solo luchó por los derechos laborales, sino que también ayudó a familias afectadas por la pobreza, usando sus contactos en el ferrocarril para enviar alimentos y medicinas a otros pueblos.

Entre los documentos, hallaron un registro que indicaba que Arturo había sido arrestado durante una protesta, pero nunca fue procesado oficialmente. Esto confirmó sus sospechas: había sido silenciado por sus acciones.

Laura y Nicolás decidieron compartir lo que habían encontrado con el pueblo. Con la ayuda de don Esteban, organizaron una pequeña exhibición en la vieja estación. La chaqueta azul fue el centro de atención, acompañada de las cartas y documentos que revelaban las historias de Arturo Gómez y su impacto en la comunidad.

Ese día, los hermanos comprendieron algo importante: los objetos que encontramos pueden guardar las historias de quienes los usaron, y al preservarlos, también mantenemos vivos los valores y luchas que marcaron el pasado.

El árbol de los nombres

En el centro del parque del pueblo se erguía un viejo roble, cuya sombra había cobijado generaciones de niños, parejas y familias. Pero lo que lo hacía especial no era solo su tamaño imponente ni sus ramas que parecían abrazar el cielo. Era su corteza, cubierta de nombres grabados en letras torpes y curvas.

Los niños del pueblo lo llamaban "El árbol de los nombres". Nadie sabía quiénes eran las personas detrás de esas inscripciones, pero las marcas eran tan antiguas que parecían contar historias olvidadas. Una tarde, mientras jugaban cerca del roble, Lucía, Marcos y Clara decidieron resolver el misterio.

—¿Qué tal si investigamos quiénes son? —sugirió Marcos, señalando uno de los nombres: *A.M. & R.G. 1952.*

—Pero hay tantos… —dijo Clara, dudosa—. ¿Cómo sabremos por dónde empezar?

—Con paciencia, como siempre dice la abuela —respondió Lucía, animada.

Primero, llevaron el caso a doña Teresa, la mujer más anciana del pueblo.

Al escuchar su pregunta, sus ojos se iluminaron.

—¡Ese árbol! —exclamó—. Ahí grabaron sus nombres muchos de los que vivieron los mejores momentos de sus vidas. Recuerdo que A.M. y R.G. eran Alfredo y Rosa, dos jóvenes que se conocieron durante las fiestas del pueblo. Rosa era conocida por sus flores, y Alfredo, por sus canciones.

Teresa les contó cómo Alfredo escribía canciones para Rosa, y cómo la pareja grabó sus iniciales el día que prometieron casarse. Inspirados, los niños decidieron buscar más historias.

El siguiente nombre que investigaron era *L.T. 1974*. Esta vez, preguntaron al panadero, don Simón, quien siempre estaba dispuesto a compartir anécdotas.

—¡Ah, sí, Lidia Torres! —dijo con una sonrisa—. Fue maestra en la escuela y todos la adorábamos. Plantó flores alrededor del árbol, y decía que quería que siempre fuera un lugar lleno de vida.

Los niños miraron el suelo alrededor del roble, donde aún crecían flores silvestres. Fue como si Lidia hubiera dejado su huella, no solo en la corteza, sino también en la tierra.

El tercer nombre, *J.C. 1968*, resultó ser el más misterioso.

Nadie parecía recordarlo, hasta que el jardinero del parque, don Efraín, los detuvo.

—J.C. era Joaquín Cruz, un artista que pintaba paisajes del pueblo. Pero no era solo un pintor; organizaba concursos para que los niños aprendieran a dibujar.

Los niños recordaron los dibujos coloridos que a veces encontraban en el salón de actos de la escuela. ¿Podrían haber sido obra de Joaquín o de los niños a los que inspiró?

Con cada historia que descubrieron, los niños comenzaron a ver el roble de una manera diferente. Ya no era solo un árbol con nombres grabados, sino un guardián de los recuerdos y emociones del pueblo. Decidieron crear un pequeño cuaderno donde registraron las historias que habían descubierto, agregando sus propias iniciales al final: *S.C., M.T. y C.R., 2023.*

—¿Por qué grabamos nuestros nombres? —preguntó Clara.

—Por si algún día alguien quiera saber quiénes éramos —respondió Lucía, sonriendo.

Desde entonces, el árbol de los nombres no solo guardaba las huellas del pasado, sino también las de aquellos que lo celebraron como el guardián de las historias del pueblo.

El farol de las historias

En el centro de la plaza antigua del pueblo, había un farol que parecía mágico. Aunque nadie sabía exactamente quién lo había instalado, siempre permanecía encendido, incluso cuando el resto de las luces de la plaza estaban apagadas. La gente lo llamaba "El farol de las historias", porque decían que tenía un poder especial: bajo su luz, los recuerdos más felices de quienes pasaban por allí cobraban vida.

Sofía, Diego y Clara habían oído las historias desde pequeños, pero nunca habían presenciado su magia. Una noche, decidieron quedarse en la plaza después de la cena, sentados en un banco frente al farol.

—Dicen que cuando te quedas bajo la luz del farol, puedes revivir un momento especial de tu vida —comentó Clara, mirando el brillo cálido.

—Eso es solo una leyenda —dijo Diego, aunque no sonaba muy convencido.

—¿Y si no lo es? —preguntó Sofía, emocionada—. Vamos a probarlo.

Sofía fue la primera en caminar hasta el farol. Se quedó bajo su luz, y de repente, sintió un calor suave envolverla. Cerró los ojos, y una escena se formó en su mente. Estaba en la cocina de su abuela, ayudándola a preparar galletas de mantequilla. Podía oler la harina, sentir la masa pegajosa en sus manos y escuchar la risa de su abuela mientras le enseñaba a cortar formas con los moldes.

Cuando abrió los ojos, estaba de vuelta en la plaza, pero el aroma a galletas aún parecía flotar en el aire.

—¡Es cierto! —exclamó Sofía, emocionada—. Recordé un día con la abuela. Fue tan real que podía oler las galletas.

Clara fue la siguiente. Se colocó bajo la luz y sintió una brisa fresca en su rostro. Cerró los ojos y se vio corriendo por un campo lleno de flores silvestres, con su madre caminando detrás de ella. Recordó el sonido de su risa y cómo juntas recogían ramos de margaritas para llevar a casa.

—¡Lo vi! —dijo Clara, cuando volvió al banco—. Era un día que había olvidado por completo, pero ahora parece tan vivo.

Diego, aún escéptico, decidió intentarlo. Bajo la luz del farol, comenzó a sentir un golpeteo en el pecho, el sonido de un balón rebotando.

Cerró los ojos y se vio jugando fútbol con su padre en el patio trasero. Recordó cómo su padre siempre lo dejaba ganar, pero esa vez, Diego había marcado un gol que realmente le había costado esfuerzo. El orgullo en los ojos de su padre era algo que no había pensado en años.

—Es verdad... —admitió Diego, cuando volvió al banco—. Es como si el farol supiera cuál es tu recuerdo más especial.

Esa noche, los tres amigos entendieron que el farol no solo iluminaba la plaza, sino también los corazones de quienes pasaban bajo su luz. Decidieron volver a menudo, convencidos de que los recuerdos felices siempre estaban ahí, esperando ser iluminados por el farol de las historias.